DER TEUFEL IN MIR
DER ENGEL WEIT FORT

Danksagung:

Danke, Frau Karres, dass Sie mir die Gelegenheit gaben, dieses Buch zu schreiben.

Marvin Jacobi

DER TEUFEL IN MIR
DER ENGEL WEIT FORT

Knastgeschichten

Bibliografische Information der Deutschen
Nationalbibliothek:
Die Deutsche Nationalbibliothek verzeichnet diese
Publikation
in der Deutschen Nationalbibliografie; detaillierte
bibliografische Daten sind im Internet über
http://dnb.dnb.de abrufbar.

© 2018 Haylo Karres
Umschlaggestaltung, Herstellung und Verlag:
BoD - Books on Demand

ISBN: 978-3-7460-4196-4

Inhalt

1
Die Vorbereitung

Es war der 1.1.2015.
In meiner Ein-Zimmerwohnung aufgewacht, war mein erster Gang zum Fenster, wo ich die Rollos hochzog, dabei muss ich meine Augen schließen, von der Helligkeit der Sonne, die mir direkt ins Gesicht schien.

Es war ein ganz normaler Tag wie jeder andere auch, wobei sich heute etwas ändern sollte laut Ansage meines Freundes Alex.
Ich zog mich an und machte mich auf den Weg zum Bahnhof, um zu meinen Jungs zu kommen, die mir, wie gesagt, was Wichtiges mitteilen wollten.

Auf dem Bahnsteig, wo mein Zug hielt, um zu meinen Freunden zu kommen, war es megakalt und nass. Scheißschnee, dachte ich. Wie gerne wäre ich jetzt in Griechenland gewesen, wo ich die Sonne und das Meer hätten genießen können, was ich natürlich ohne Geld nicht konnte.

Endlich hielt mein Zug, in den ich einstieg, wobei ich keine Fahrkarte besaß und schwarzfuhr, in der Hoffnung, dass mich kein Schaffner erwischte. Wenn einer auftauchen sollte, hieße das für mich, schnell in die nächste Bahn umzusteigen, um nicht erwischt zu werden und damit schneller als die Polizei zu sein. Bis jetzt hatte es immer geklappt.

Im Zug holte ich mein Handy aus der Hosentasche, steckte den Knopf in mein rechtes Ohr und machte coole Javas, um zu entspannen. Die Fahrt dauerte so 20 Minuten.
Bei der Fahrt schaute ich aus dem

Fenster, wobei das Wetter mir auch keine Entspannung bot, da ich nur noch ans Geld und an einen Urlaub denken konnte.

Ich war neugierig, was meine Jungs so zu berichten hatten. Hoffentlich war es etwas, womit man Geld machen konnte. Das wäre gut gewesen, denn ich war blank.

Der Zug hielt an meiner Haltestelle, an der ich aussteigen musste an, da sah ich bereits meine Freunde, die auf einer Bank sitzend auf mich warteten und dabei rauchten.

Ich steckte meine Hände in meine Hosentaschen und schaltete die Musik aus, damit die Bullen mich nicht übers Handy orten konnten, falls meine Freunde ein Ding drehen wollten.

Als mich meine Jungs sahen, standen

sie auf und kamen mir entgegen. Alex umarmte mich und den anderen gab ich die Hand, worauf sich diese anschließend auch bereits mit den Worten verabschiedeten: „Wir gehen dann, nachdem dein Freund gekommen ist, Alex."

„Ist gut, Bruder, danke für die Gesellschaft", antwortete Alex. Anscheinend hatten ihn diese nur zur Gesellschaft begleitet.

Als sie fort waren, fragte mich Alex, wie immer, wenn wir uns sehen: „Hast du dein Handy ausgemacht?", da wir deswegen einmal von der Scheißpolizei fast erwischt worden wären. „Natürlich", antwortete ich, „den Fehler mache ich nicht noch einmal, Bruder." Darüber mussten wir beide lachen.

„Sag mal", fragte ich ihn, „was ist denn so dringend, dass du am Telefon nur Andeutungen gemacht hast, Bruder?"

„Ich habe eine große Sache vor, die uns

Geld bringen wird", eröffnete er mir. „Was ist es denn?", fragte ich neugierig. „Ein Überfall", verkündete er.

Ich riss meine Augen auf und brachte erstmals kein Wort heraus. Im Kopf dachte ich nur: „Bitte. Hoffentlich habe ich nicht Überfall gehört." Die Hoffnung zerplatzte, als er weitersprach: „Wir haben schon alles besorgt." Darauf fragte ich ihn: „Was hast du besorgt?" und hoffte, dass es nicht gerade das wäre, was ich dachte, und fragte daher geradeheraus: „Du denkst doch nicht an Waffen?" Da fing er an zu grinsen und da war mir alles klar. Wir werden einen bewaffneten Überfall machen. Wild flogen die Gedanken durch meinen Kopf, da ich so etwas noch nie getan hatte.

„Was ist denn, wenn der oder die uns nicht das Geld geben wollen, da kann ich die doch nicht einfach abknallen. Das wäre doch Mord und da gibt es lebenslänglich und das würde ich nie

überstehen." Nach diesem Gedankengang beruhigte ich mich etwas und dachte nur: Mal sehen, was er noch zu sagen hat. Das wie und wo und wann. „Also", sagte ich zu Alex, „lass uns hier weggehen. Hier sind zu viele Ohren."
Wir stiegen die Bahnhofstreppen hoch und bogen rechts zu den Parkplätzen ab. Dort lehnte ich mich an ein Auto und fragte: „Wie wollen wir das denn machen?" Darauf er: „Mit den zwei Pistolen, die ich habe. Die sind echt und geladen."
„Ist das dein Ernst?", fragte ich ihn entsetzt. „Wenn die Bullen jetzt bei uns eine Personenkontrolle machen, sind wir bereits hier im Arsch."
„Marvin, bleib ruhig, ich habe sie in meinem Auto", versuchte er, mich zu beruhigen.
„Noch schlimmer", antwortete ich, darauf wollte er anfangen zu brüllen und ich kam ihm schnell zuvor, indem ich feststellte: „Ist egal. Jetzt erzähl

weiter, wie es ablaufen soll."

„Ja, also, wie gesagt", meinte er ausweichend, „ich will eine Tankstelle überfallen. Von einem Kumpel habe ich gehört, dass da immer vier- bis fünftausend Euro liegen sollen. Das ist für uns beide was zum Überleben."

„Und wann wollen wir das machen?", fragte ich zweifelnd.

„Heute Abend. Um 23.00 Uhr hole ich dich bei deiner Freundin ab. Okay?"

Ich überlegte, dass ich kein Geld und auch kein Essen mehr besaß und mich von meiner Freundin daher aushalten musste. So antwortete ich: „Ja, ich bin dabei. Also bis um 23.00 Uhr."

„Nimm deine schwarzen Sachen mit, wie immer", bat Alex, bevor wir uns verabschiedeten.

Nach diesem Gespräch machte ich mich direkt auf den Weg zu meiner Freundin, wobei mir auf dem Weg noch vieles durch den Kopf ging und ich mich zu beruhigen versuchte, indem ich dachte: „Was kann denn da überhaupt schiefgehen?" und mich doch fragte: „Ja, und was ist, wenn uns die Bullen doch erwischen?"

Bei meiner Freundin angelangt klingelte ich, dabei war ich so in Gedanken, dass ich nicht mitbekam, als sie den Türöffner betätigte.

„Du Pisser", hörte ich sie durch die Sprechanlage sagen, „komm jetzt rein. Die Tür ist offen." Darauf gab ich mir einen Ruck und ging ins Treppenhaus.

Oben angekommen, guckte sie mich an und wusste sofort, dass mit mir etwas nicht stimmte. Als ich ihr in die Augen sah, war da nur noch Angst, dass ich wieder was Dummes vorhaben könnte.

„Schatz", versuchte ich, sie zu beruhigen, „ich möchte, dass wenn mich die Polizei verhaftet und sie zu dir kommt, du nichts sagst. Okay? Du weißt von nichts, daher werde ich dir auch nichts erzählen." Darauf fing sie direkt an zu weinen und schrie mich an: „Du bist so ein verdammtes Arschloch. Du denkst, dass ich dich einfach so verhaften lasse. Ich liebe dich und du scheinst das nicht ernst zu nehmen. Damals, als ich dich kennenlernte, war alles noch so schön", stellte sie fest, „und jetzt muss ich jeden Tag Angst um dich haben, dass du verhaftet oder abgeknallt wirst. Du hast eine starke Gesundheit, aber noch einmal will ich dich nicht ihm Krankenhaus mit Schussverletzungen besuchen müssen."

Ich hörte nur zu und konnte nichts mehr sagen. Sie hatte ja recht. „Es ist alles scheiße und früher war alles besser", dachte ich. Aber seit mein kleiner Bruder vor zwei Jahren vor meinen Augen zusammengeschlagen wurde, und das auch ohne Grund, und anschließend an seinen Verletzungen gestorben ist, ist alles anders geworden. Mein größter Wunsch war daher, die zwei Männer, die für den Tod meines kleinen Bruders verantwortlich waren, auch tot zu sehen, da ich durch den ganzen Scheiß zum Räuber geworden bin.

Ich liebte meine Freundin und auch meinen Bruder, aber durch seinen Tod haben sie mir mein Herz herausgerissen. Diese Bastarde haben mir meinen Bruder weggenommen, obwohl er erst 14 Jahre alt war. Er konnte sich nicht einmal wehren, und nun bin ich ein Krimineller geworden und ich Angst habe, noch mehr zu verlieren.

Jeder Tag ist ein Scheißtag, da mir der Glaube an die Menschen fehlt, gerecht zu sein. Es ist alles für den Arsch.

Plötzlich knallte es und ich erschrak, da ich so in Gedanken war, dass ich nicht einmal mehr meiner Freundin zugehört habe.

Die Türe war mit einem Knall ins Schloss gefallen.

Meine Freundin war fort, stellte ich fest. Scheiße Mann, was war nur los mit mir. Mein Handy klingelte und ich dachte nur: Was für ein Scheißklingelton. Hört sich an wie ein Wecker. Ich schaute auf das Display, die Nummer war mir unbekannt, also konnte das nur Alex sein.

„Was gibt's, hey, Bruder", fragte ich.

„Ich wollte dir nur noch sagen", antwortete Alex, „dass alles klar geht. Bist du noch dabei?"

Schnell überlegte ich, dass ich mit dieser Frage aus der Sache rauskommen könnte und hörte mich nur laut sagen: „Okay, ich bin pünktlich da."

„Gut, Bruder", stellte er fest und hakte nach einer Weile nach: „Du bist so komisch. Ist was?"

„Es ist alles gut", antwortete ich verdruckst und verabschiedete mich. „Ciao, bis später", und legte auf.

2
Der Überfall

Es war 21 Uhr, also hatte ich noch zwei Stunden Zeit bis zum Treffen.

Ich schmiss mein Handy in die Ecke und schrie: „Fuck."

Im Bad riss ich mir die Klamotten vom Leib und stellte mich unter die kalte Dusche, um mit dieser Situation klarzukommen. Danach holte ich im Zimmer aus dem Schrank meine Sporttasche und legte diese auf das Bett. Beim Öffnen drang ein Geruch von Angst und Schweiß aus der Tasche. „Ich hätte die Klamotten waschen sollen", dachte ich noch, bevor ich diese anzog.

Als ich in den Spiegel schaute, kamen die Erinnerungen hoch, was ich bereits alles in diesen Klamotten gemacht hatte. „Scheiße, hoffentlich ist dies das letzte

Mal", dachte ich noch, bevor ich mich in die Küche begab. Ich hatte Hunger. Beim Öffnen des Eisschrankes fiel mir ein, dass ich vergessen hatte einzukaufen. Ich schlug die Eisschranktüre zu und schaute mir das Bild von mir und meinem Schatz an, das an der Kühlschranktüre klebte: Wir beide ihn Kroatien.

Meine Uhr piepste und ich musste los. Ich schreibe noch schnell einen Brief an meine Freundin:

„Hey Baby. Ich bin mit Alex unterwegs und komme heute noch zurück. Oder vielleicht auch erst morgen. Ich bring dann auch noch etwas zu essen mit. Ich liebe dich, mein Engel. Wenn jemand nach mir fragt, so hast du keine Ahnung, wo ich bin. Ciao Baby."

Das Schreiben hängte ich an den Kühlschrank, nahm die Hausschlüssel und ging hinunter auf die Straße.

Alex wartete bereits in seinem Wagen

auf mich und hörte dabei seine Scheißtechnomucke. Ich stieg ein, dabei schwiegen wir beide, bis es losgehen sollte. Das war immer so, wenn wir was vorhatten. Da wurde nicht geredet.
Wir rauchten stumm und starrten ihn die Dunkelheit.

Nach ungefähr einer Stunde Fahrt sprach er das erste Mal: „Setze die Maske auf. Im Handschuhfach liegt die Knarre." Ohne nachzudenken zogen wir uns die Masken über den Kopf und als Alex stark bremste, wusste ich: „Jetzt geht's los."

Ein gelbes Licht leuchtete die Tankstelle aus, und in der Umgebung kein Auto und Mensch in Sicht.
„Das muss schnell gehen Bruder", hörte ich Alex sagen. Aus dem Handschuhfach holte ich die Pistolen und gab ihm eine Waffe und nahm meine in die rechte Hand. Sie fühlte

sich kalt und furchterregend an, wobei sie gut in der Hand lag. Ich atmete noch einmal tief durch, machte die Tür auf, rief „Fuck" und rannte los, neben mir Alex.

Die automatische Tür der Tankstelle ging auf und ich rannte an die Kasse, hinter der niemand stand, und ich dachte: „Der hat uns schon gesehen und ist abgehauen." Alex schaute in einen Nebenraum, in dem sich im Allgemeinen die Angestellten aufhielten, und dann hörte ich auf einmal eine Frauenstimme, die schrie: „Ja, ich komm ja schon. Bitte, tun Sie mir nichts." Darauf schrie Alex mit einer verstellten Stimme: „Komm jetzt, du Hure, sonst ist deine Pause für immer vorbei." Dabei zog er sie an den Haaren zur Kasse. Geschockt tat mir die Frau in diesem Moment leid und sah, dass sich ihre Blase vor Angst entleerte, dabei weinte sie und schrie um Hilfe.

Diese Szene erinnerte mich an meinen kleinen Bruder, dem auch keiner geholfen hatte, und ich wurde richtig sauer. Die Frau gab mir die Geldkassette und schaute mit ihren tränenübergelaufenen Gesicht in meine Augen und fragte mich: „Warum mein Bruder?"

In diesem Moment rief Alex von der Türe aus: „Komm, los, wir müssen weg." Dabei brachte mich die Frage der Frau zur Weißglut, und als sie auch noch nach meiner Hand griff, flippte ich ganz aus und schlug ihr mit der Faust ins Gesicht, dabei fiel sie um und blieb bewusstlos auf dem Boden liegen. Alex kam von der Tür zurück, riss mich von dem Anblick fort und wiederholte eindringlich: „Wir müssen los."

Da rannten wir beide zum Wagen, stiegen ein und Alex gab Gas. Keiner sprach ein Wort, dabei fragte ich mich, warum sie das gesagt hat. Mein Bruder hat seinerzeit auch um sein Leben geschrien. Ich schüttelte meinen Kopf, um die Gedanken zu vertreiben, und sah, wie die Polizei mit Blaulicht an uns vorbei zur Tankstelle raste, wobei Alex noch die Maske auf hatte.

Auf dem Weg nach Hause unterhielten wir uns ganz leise und ruhig, da wir von dem Adrenalinschub runterkommen wollten.

Beim Parkhaus angelangt, fuhren bis in den letzten Stock, wo mich Alex anschaute und feststellte: „Wir haben es geschafft." Ich erwiderte: „Ja, das haben wir."

Als wir die Kasse öffneten und das Geld zählten, stellten wir fest, dass wir sechstausend Euro erbeutet hatten.
Ich gab Alex seine dreitausend Euro, steckte meinen Teil ein und schmiss die Kassette in den Müll.
Danach rauchten wir noch eine

Zigarette und ich schaute aus dem Fenster. In die Stille stellte ich fest: „Ich will das nicht mehr machen Alex." Alex, der auch aus dem Fenster schaute, antwortete: „Musst du auch nicht mehr. Das war die letzte Aktion." Und da ich diese Feststellung nicht erwartet hatte, schaute ich ihn geschockt an und fragte: „Warum?"

„Bruder", erklärte er, „ich habe Familie. Ich will sie nicht weiter im Stich lassen, weißt du?"

Ich glaubte ihm das nicht. Wobei es schien, als würde er es ernst meinen, denn als ich ihn fragte: „Warum haben wir das dann heute überhaupt gemacht?", antwortete er: „Ich brauchte dich für diese Aktion, damit ich meine Frau heiraten kann, und alleine ging es nicht."

Ich fing an zu grinsen und nahm ihn in den Arm und riet ihm: „Wenn die Bullen uns irgendwann verhaften sollten, dann sag genau das." Darauf fingen wir beide an zu lachen und er sagte: „Danke, Bruder. Und halte auch du deine Freundin fest und lasse sie nicht gehen."

„Ja, ich werde mein Bestes geben", versprach ich und stieg aus, stieg die Treppen vom Parkhaus runter, ging über die Straße und schmiss die Kassette in den nächsten Mülleimer.

Zu Hause angelangt, ging ich durch den Hausflur hoch, machte unsere Haustür auf und begab mich sofort, ohne zu duschen, ins Schlafzimmer und da lag mein Engel und schlief. Ich legte mich zu ihr und schlief auch sofort ein.

3
Meine Kindheit

Ich bin Marvin Elias Jacobi, am 29.01.95 geboren.

Ich habe ganz schlechte Erinnerungen an meine Kindheit.

Meine Mutter kenne ich nur von Fotos, daher weiß ich nicht, wie sie war. Ob sie zärtlich oder streng war, da sie mich mit sechs Jahren in einer Kinderklinik abgab. Den Ärzten erklärte sie, dass sie eine Auszeit brauchte.
Zwei Wochen später war sie tot.

Als mir die Ärzte mitteilten, dass meine Mutter gestorben sei, glaubte ich ihnen nicht. Darauf erklärten sie mir, dass sich meine Mutter mit einer Überdosis von Drogen das Leben genommen habe.

Als ich begriff, dass ich ab jetzt ein Waisenkind war, da meine Mutter bei meiner Geburt angab, den Vater ihres neu geborenen Kindes nicht zu kennen, wusste ich, dass ich nun alleine in dieser Welt zurückgeblieben war.

Meinen kleinen Bruder brachte man in einer Pflegefamilie unter, sodass wir getrennt aufwuchsen.

Nachdem ich realisiert hatte, dass die Nachricht vom Tod meiner Mutter stimme, hörte ich auf zu sprechen, verließ mein Zimmer nicht mehr und hörte auch auf zu essen.

Mit meinen sechs Jahren verstand ich die Welt nicht mehr, nun alleine und schutzlos in dieser Welt zu sein.

Meine Reaktion nach dem Schweigen war, dass ich Ausraster bekam und sehr aggressiv wurde.

Ich ging auf die Leute los, die darauf nichts Besseres zu tun hatten, als mich mit Tabletten vollzustopfen, um mich ruhigzustellen.

Als ich mich nach einiger Zeit weigerte, weiter diese Tabletten einzunehmen, haben die mich zu dritt fest gehalten, um mir die Tabletten einzuflößen. Einem 6-jährigen Jungen, der nur wissen wollte, warum ich die Säfte bekomme, die mich anschließend in fünf Minuten zum Schlafen gebracht haben.

Mit der Zeit wurde das so viel, dass ich die Erinnerung an meine Kindheit verloren habe.

4
Meine neue Familie

Drei Monate blieb ich in dieser Scheißklinik. Danach kam ein Ehepaar aus Waldeck am Edersee, die mir erzählten, dass ich zu ihnen kommen könne und alles gut würde.

Keine Frage, dass ich sofort mit diesen fremden Menschen mitgegangen bin. Ich wollte nur noch weg aus dieser Klinik, raus aus der Hölle.

Als ich dann in meinem neuen Zuhause ankam und man mir mein Zimmer zeigte, dachte ich, dass das alles nur ein Traum wäre. Dort stand ein Hochbett und an der Wand hingen Pokémons, von denen ich ein großer Anhänger war. Ich schaute mich zu den zwei Menschen um, die anfingen zu grinsen und mir bestätigten: „Ja, das ist nun dein neues Zuhause." Darauf fragte ich: „Für immer?", und die Frau sagte: „So lange du willst und auch für immer."

Nach langer Zeit fühlte ich mich so wohl und glücklich bei den beiden wie lange nicht.
Sie hießen Heike und Ralf.
Das war also nun meine neue Familie.

Als ich sie gleich am Anfang fragte: „Wisst ihr eigentlich, wo meine Mutter ist?", antworteten sie: „Sie ist fort", und da wusste ich, dass mich die Menschen im Krankenhaus nicht angelogen hatten. Dass meine Mutter gestorben war und mich alleine zurückgelassen hatte und damit überfiel mich eine grenzenlose Traurigkeit und ich bat daher die beiden, mich alleine zu lassen.

Nach einer Weile legte ich meine Sachen auf das Sofa und schnaufte erst mal durch, bevor ich mich zu meinen neuen Eltern begab.

Den Tag darauf gingen wir mit den Hunden raus. Es waren riesige Hunde, die mir Angst einjagten.
Meine neuen Eltern erklärten mir, dass sie jeden Tag einen langen Weg durch den Wald gehen mussten, damit die Hunde zu ihrem Auslauf kämen.
Nach einiger Zeit gewöhnte ich mich auch an diese großen Hunde, die fast größer als ich waren, und wir wurden gute Freunde.

Meine neuen Eltern wohnten in einem Haus, das in der Nähe vom Edersee lag. Die Stadt hieß Waldeck.
Es war eine wunderschöne Gegend, ideal für Kinder, mit viel Wald und Wasser. Und so sollte das Wasser zukünftig meine Freizeit bestimmen.

Meine neuen Eltern gingen oft mit mir

an den See, wo ich schwimmen lernte.
Die Segelboote und die Surfer auf dem
See hatten es mir angetan.
Ich konnte stundenlang den Booten
zuschauen, wie die Boote sich in den
Wind legten und die Surfer ihre
Kapriolen auf dem Wasser trieben.
Richtige Künstler waren das, fand ich.

Eines schönen Tages fragte mich Ralf:
„Sag, Marvin, wollen wir auch einmal
segeln gehen?" Ich bekam glänzende
Augen und Ralf schien sich darüber zu
freuen.
So machten uns eine Woche später auf
den Weg in einen Segelhafen, an der
viele Segelboote an der Reling
festgemacht waren und hin und her
schwankten.
Der Wasser, das etwas unruhig war, ließ
die Boote tanzen, sodass die Masten mit
ihren Gewinden klimperten.
Ein Geräusch, das ich in meinem
ganzen Leben nicht mehr vergessen

werde. Dasselbe Geklimper kann man auch bei Fahnenmasten hören, wenn der Wind sie schüttelt.

An einem Boot blieb Ralf stehen und meinte: „Das ist es, mein Boot", zog seine Schuhe aus, bückte sich und zog das Boot, das mit einem Seil an dem Steg festgebunden war, zu sich.
Mit einem großen Schritt gelangte er auf das wackelnde Segelboot, dabei schwankte der Mast hin und her.
Mit beiden Beinen stand er breitbeinig drauf und fing an, das Boot von der Abdeckung zu befreien. Am Ende lag eine dicke weiße Wurst der Abdeckung vor ihm.

Breitbeinig richtete er sich auf, reckte sich und sagte zu mir: „So, Marvin, nun zieh auch du deine Schuhe aus und spring zu mir aufs Boot. Du brauchst keine Angst zu haben. Ich werde dich schon auffangen."

In den nächsten Monaten und Jahren lernte ich segeln und surfen, dabei bekam ich einen gewissen Respekt vor der Natur und seinen Kräften. Wenn es anfing zu blasen und der Wind das Wasser aufschäumen ließ, wurde der Mensch mit seinem Boot ganz klein.

Die Gruppe von Jugendlichen, die das gleiche Hobby betrieben, nahm mich mit der Zeit in ihrer Mitte auf, sodass wir immer als ein Pulk von Gleichgesinnten in den Ferien und an Wochenenden unterwegs waren.

Zurückblickend waren das meine schönsten Jahre in meinem kurzen Leben.

5
Anna

Nachdem ich bei meinen neuen Eltern eingezogen war, brachten mich diese nach zwei Wochen in die Grundschule nach Waldeck.

Die Schule lag in einem alten Gebäude und war auch nicht zu groß, sodass ich mich dort bald wohlfühlte.

Ich lernte viele neue Leute kennen, die mich am Anfang neugierig und freundliche beobachteten, sodass ich mich schnell mit den Kindern angefreundet habe.

Ein Kind davon hieß Anna und wohnte gleich im Nachbarhaus von uns.
So liefen wir jeden Morgen zusammen zur Schule, egal ob es schneite oder

regnete. Sie wurde mit der Zeit meine beste Freundin, sodass wir in dieser Zeit, nach der Schule immer etwas zusammen unternommen haben.

Entweder spielten wir bei ihr oder bei uns zu Hause im Garten und bei schlechtem Wetter auch im Haus, zusammen.

Auch auf den Spielplatz gingen wir manchmal, wo wir mit anderen Kindern Fußball spielten.

Anna war Holländerin.

Einmal, daran kann ich mich noch genau erinnern, haben wir von ihrem Vater eine Flasche kaputtgemacht und da fing Anna an zu weinen.

Sie behauptete, dass diese Flasche das Heiligtum von ihrem Vater wäre und er sehr böse würde, wenn er diesen Verlust bemerken sollte und da es meine Schuld war, dass die Flasche kaputt gegangen war und ich Anna auch beschützen wollte, bin ich dann zu dem Vater gegangen und habe ihm gestanden, dass ich die Flasche kaputtgemacht habe.

Und das war's dann auch. Er wurde tatsächlich so sauer, dass ich zwei Tage nicht mit Anna spielen durfte, wobei es mir das wert war, wenn Anna dadurch keinen Ärger bekommen hat.

Der Ort Waldeck war für uns Kinder wie ein Paradies. Im Sommer gingen wir zum Schwimmen und wenn im Winter der See zufror, waren wir mit unseren Schlitten sowie Schlittschuhen darauf unterwegs.

Am Anfang verbrachte ich auch viel Zeit bei meiner Ziehmutter in der Küche, wo ich ihr beim Kochen half, was mir viel Freude bereitete, zu sehen, wie Speisen entstehen und wie man mit Gewürzen diese im Geschmack verändern kann.

Irgendwann absolvierte ich die Grundschule in Waldeck und kam mit Anna im Jahre 2007 in die Mittelschule nach Sachsenhausen, was ein anderer Nebenort von Waldeck war.
Dort blieb ich bis zum Jahre 2010.

Am 30.1.2010 musste ich jedoch die Schule wegen aggressivem Verhalten verlassen und ab da besuchte ich die Windhofschule, eine Gesamtschule, und zwar die Hauptstufe und verließ diese Schule im Jahre 2014 mit einem Hauptschulabschluss.
Danach beriet ich mich mit meinen Zieheltern, die mir rieten, eine Berufsschule in Korbach zu besuchen, da ich nicht wusste, welchen Beruf ich erlernen sollte, was ich dann auch tat.

6
Neuanfang

Ich wurde wieder aggressiv und fing an zu klauen.

Da schalteten die Pflegeeltern das Sozialamt ein, das mich wieder in eine Klinik in Marburg einwies.

Dort hat man mich dann wieder mit Tabletten vollgestopft.

Irgendwann kamen dann die Ärzte zu mir und stellten mir ein Mädchen vor, das meine Schwester sein sollte.

Sie hätten Nachforschungen betrieben und eine Halbschwester von mir ausfindig machen können, da sie der Meinung wären, dass sich doch irgendwoher ein Familienmitglied von mir auftreiben lassen würde.

Ich bekam also eine Halbschwester, an

der noch ein Opa hing.

Ich kann mir denken, dass die Ärzte meinten, dass diese Menschen mich nun zu sich holen würden. Die Enttäuschung muss daher bei den Ärzten groß gewesen sein, als diese mich nur sehen wollten und anschließend wieder abhauten. Wobei dieser Großvater mir zum Geburtstag noch einen Stoffbeutel mit Süßigkeiten, an dem eine Glückwunschkarte mit 10,-- Euro steckte, an die Einfahrt der Einrichtung gehängt hat. Das sollte das letzte Zeichen von ihm sein. Ich habe ihn nie wieder gesehen.

Aus der Klinik kam ich dann irgendwann in ein Heim, von dort aus besuchte ich ein halbes Jahr die Mittelstufe in der Realschule in Sachsenhausen. Ein Stadtteil von Waldeck, also meiner alten Heimat.

Nach einem halben Jahr musste ich diese auch verlassen, da ich im Heim und auch in der Schule Schwierigkeiten bekam.

Anschließend bin ich in vielen Heimen aufgewachsen, und als ich 18 Jahre alt wurde, hat mich mein letztes Heim auf die Straße gesetzt. Ich hatte so eine Angst, das Heim zu verlassen, weil ich nicht wusste wohin und zusätzlich Ängste vor dem Alleinesein hatte sowie keinen Bock, mir eine Wohnung zu suchen.
Da haben die mich vom Jugendamt mit zwei blauen Müllsäcken auf die Straße gesetzt und sind mit ihrem Auto auf und davon gefahren.

7
Ein Leben auf der Straße

Da stand ich nun mit meinen zwei Säcken und wusste nicht, was ich machen sollte. Also lief ich auf der Straße herum, es war Winter und arschkalt. Außer diesen zwei Säcken, in denen meine Klamotten steckten, besaß ich nichts.

Irgendwann nahm ich meine beiden Säcke und begab mich zum Bahnhof, wo ich mir eine Ecke suchte, in die nachts keiner hinging, und da habe ich mich erst mal hingesetzt und überlegt, was ich machen sollte.

Ein Jahr habe ich da geschlafen und tagsüber in dem Müll gewühlt, um nach Essen zu suchen, das noch nicht verdorben war.

Ich war 18 Jahre alt und die Ämter haben auf mich geschissen.

Um eine Zeit gab mir ein anderer, nicht sesshafter Mann, der auch nach Essensresten suchte, den Tipp, mich beim Sozialamt als Obdachloser registrieren zu lassen.

So wurde ich ein Obdachloser und erhielt ab da einen Tagessatz von 95 Euro pro Woche.
Damit konnte ich mir mein Essen kaufen und musste nicht mehr die Mülltonnen durchsuchen.

Irgendwann habe ich dann beschlossen, mir eine Wohnung zu suchen, dabei hat mir das Arbeitsamt geholfen, das muss ich anerkennend sagen.
Wobei ich dafür lange kämpfen musste, bis man mir eine 2 Zimmerwohnung gab.

In dieser Wohnung fühlte ich mich so wohl, dass ich beschloss, eine Berufsschule zu besuchen.

Mit der Zeit lernte ich dort einen Typen kennen, der nicht gut für mich war.
Mit diesem Menschen wurde ich zum Ladendieb. Es folgten Wohnungseinbrüche und das viele Geld, das wir erbeuteten, machte mich geldgierig.
So viel Geld hatte ich noch nie besessen und so wurde es zum Rausch für mich.

Das alles konnte nicht gut gehen.
Eines Tages erwischte mich dann auch die Polizei bei einem Raub.
Sie ließen mich laufen und als ich nach drei Monaten von ihnen noch immer nichts hörte, dachte ich, dass man mich vergessen habe.
Da schien ich mich aber vertan zu haben, denn eines Tages klingelte es an

meiner Türe und die Polizei stand davor und verhaftete mich.

Der Richter verdonnerte mich zu zwei Jahren und sechs Monaten Gefängnis, und da ich noch als Jugendlicher vor dem Gesetz galt, steckte man mich in den Jugendarrest, wo Jugendliche zwischen 18 und 22 Jahren inhaftiert werden.

Es dauerte sechs Monate, bis ich aufwachte und feststellte, dass das, was ich getan hatte, Scheiße war.

8
Das Gefängnis

Nun sitze ich hier eingesperrt und habe nichts zu tun.

Mein tägliches Programm ist eine Stunde Hofgang in einer parkähnlichen Anlage, die an drei Seiten von den Häusern umsäumt wird, in denen die Gefangenen untergebracht sind. An der vierten Seite liegt die Bäckerei mit Küche.
Die Häuser liegen nicht nebeneinander, sondern man hat viel Raum zwischen ihnen gelassen.

Die Anlage wird von einer hohen Mauer umsäumt, besitzt Rasenflächen, auf denen Enten spazieren gehen, ein großes Schachbrett, an dem wir Gefangenen uns das Gehirn üben sollen, sowie kleine Steintische, auf denen wir Ellenbogen drücken oder auch Karten spielen können. Wobei die meisten der Gefangenen in dieser Freistunde in Gruppen ihre Runden drehen.

Neben diesem sogenannten Hofgang kann man in seiner Freizeit auch duschen oder telefonieren, wenn man die nötige Erlaubnis erhält.

In diesen sechs Monaten, in denen ich bereits hier bin, hat man mir erzählt, dass man hier auch eine Ausbildung machen kann, wenn man will, was irgendwie gut wäre, denke ich.

Seit einiger Zeit besucht uns eine gewisse Frau Karres im Gefängnis, die den Gefangenen anbietet, ein Buch zu schreiben. Natürlich nur, wenn man sich gut benimmt, erhält man die Erlaubnis, dieses Angebot zu besuchen.

Die Frau leiht jedem von uns einen PC,

in dem nur das Schreibprogramm funktionieren soll, wobei es in unserem Haus Leute gibt, die so fit mit diesen Geräten umgehen können, dass sie nicht nur darauf schreiben können, sondern auch Spiele darauf spielen und Musik hören können.

Jetzt kann ich das auch, was mir natürlich viel besser gefällt, als ein Buch zu schreiben.

Wobei Frau Karres unsere Werke in ihrem Fortschritt wöchentlich überprüft, aber immer nur den Anfang der Geschichte.

So hat einer von uns bei den Kontrollen behauptet, dass er bereits 100 Seiten geschrieben habe.

Als er dann bei seiner Entlassung den PC abgegeben hat und Frau Karres den Text in Form bringen wollte, musste sie feststellen, dass dieser Schlaumeier seine erste Seite 100 Mal kopiert hat.

Da wurde die Frau sauer und fing an, uns strenger zu kontrollieren. Wobei ich das von dem Kerl dumm fand, dass er seine Zeit mit Spielen verplempert hatte und jetzt kein eigenes Buch besitzt, das Frau Karres für uns dann auch veröffentlichen wird.

Da ich das erste Mal in einen Knast gekommen bin, habe ich mich am Anfang recht schwergetan. Wahrscheinlich geht es jedem so beim ersten Mal.

Ich habe mich benommen wie draußen, dabei habe ich mir eingeredet, dass das alles Scheißbeamte sind, die können mir gar nichts sagen.
Dabei legte ich noch ein sehr aggressives Verhalten an den Tag, da alles neu für mich war.

Zusätzlich besitze ich auch keine Familie, sodass mich nie jemand

besuchen kommen wird und sich auch niemand nach mir erkundigen wird.
Das hat mich noch mehr runtergezogen.

Obwohl ich draußen ja auch keine Familie besaß, sodass ich meine, dass das einer der Gründe ist, warum ich straffällig geworden bin.
Damit möchte ich nicht sagen, dass das alles daran liegt. Aber ein großer Teil davon wird es schon sein, da ich insgesamt in 17 verschiedenen Heimen aufgewachsen bin.

Immer wieder wurde ich von jedem Heim fortgeschickt, sodass ich das Gefühl bekam, nichts wert zu sein. Und da ich nichts anderes kennengelernt hatte, habe ich dann andere Mensch auch so behandelt, als wären sie nichts wert.

Ich habe sie beklaut, bin eingebrochen, habe sie geschlagen, wie man mich geschlagen hat. Den Schmerz, den ich erlitten habe, habe ich weitergegeben, sodass jede andere Person für mich so war, wie die, die mich weggeschickt oder geschlagen haben. Wobei das keine Ausrede sein soll, dass es mit mir so weit gekommen ist.

Nun sitze ich bereits ein Jahr und drei Monate im Gefängnis und es ist mir erst jetzt klar geworden, dass keiner hier mir was Böses will. Diese Menschen hier wollen mir nur helfen.

In der Zwischenzeit habe ich mich sehr verändert. Ich bin ruhig geworden, und wenn ich schlechte Laune bekomme, dann rede ich mit einem Beamten darüber, warum ich die habe, und er erklärt mir dann vieles, dabei gehe ich drauf ein. Wie zum Beispiel, dass ich nicht klarkam, was in der Haft manchmal passierte und mir ein Gefangener auf mein Hintern haut und lacht, das ist für mich nicht normal im Männerknast, darauf ist mir die Sicherung immer rausgeknallt, sodass ich mein altes Verhalten wieder anwandte, indem ich ausrastete. Dafür möchte ich mich entschuldigen. Auch bei den Personen, die ich geschädigt habe.

Das war ich nicht selbst. Das habe ich jetzt verstanden.

Ich habe mich in dieser Zeit im Knast so verändert, dass ich nächsten Monat, also ihm Juni, in den offenen Vollzug soll. Da soll ich mich für ein soziales Jahr bewerben. Ich glaube, dass ich mich im Krankenhaus oder im Zoo bewerben sollte, da ich gerne etwas Besseres aus meinem restlichen Leben machen möchte.

Inzwischen bin ich selber sehr stolz auf mich, weil ich jetzt alles verarbeitet habe und ich gelernt habe, dass man auch einmal etwas einstecken muss. Auch die Beamten aus dem Haus „B" sagen das, dass ich mich sehr gut gemacht habe.

Zurzeit arbeite ich als Gebäudereiniger, das macht mir sehr viel Spaß. Aus diesem Grunde werde ich noch einen Versuch unternehmen, um einen Termin für den Antrag eine 2/3-Strafe zu bekommen. Und wenn das funktioniert, kann ich dann meine Ausbildung als Krankenpfleger im Krankenhaus anfangen.
Ich werde sie auch nicht enttäuschen. Versprochen.

Ich habe jetzt so viel dafür getan und mich dabei so verändert.
Ich habe bei einer Therapie ein Coolness-Training absolviert, das mir sehr viel gezeigt hat.

Was mir im Gefängnis noch zu schaffen macht, ist, dass man hier doch viel alleine ist. Man fängt an zu grübeln, was diese Verbrechen, die ich begangen habe, mir gebracht haben, und man stellt fest: nichts.

Draußen hat es mir nichts gebracht und hier drinnen auch nicht.

Vorige Woche hat man mir mitgeteilt, dass ich mich so positiv im Gefängnis entwickelt habe, dass man mich frühzeitig entlassen möchte. Was eine gute Nachricht ist.

Wenn ich überlege, so habe ich keinen guten Start ins Leben erhalten.

Alles, was ich mir bisher in meinem kurzen Leben erarbeitet habe, hat mich Blut, Schweiß und Tränen gekostet, und ich bin glücklich und stolz, dass es jetzt so gut läuft.

Draußen wartet hoffentlich meine Freundin auf mich, die mich in dieser

Zeit, die ich im Gefängnis verbracht habe, nicht verlassen hat. Sie ist Türkin, klein, dünn und besitzt schwarze lange Haare.

In diesem Buch möchte ich ihr auch sagen, dass ich sie liebe und ich furchtbar traurig bin, nicht bei ihr sein zu können.

Aber bald ist es so weit, worauf ich mich tierisch freue.

Meine Freundin hat mir die Kraft gegeben, im Gefängnis zu überleben, wofür ich ihr unendlich dankbar bin.

Was ich inzwischen gelernt habe und allen sagen möchte, ist, dass man lieben, kämpfen, ehrlich und hilfsbereit sein muss, um nicht auf den falschen Weg zu kommen.

Und wenn doch, dann sollte man jeden Tag in den Spiegel sehen und beobachten, wie man sich verändert, wenn du kriminell bist oder ein ehrliches Leben führst.

Das sieht man im Gesicht. Glaubt mir.

Da kann ich Euch nur den Rat geben, wenn etwas nicht stimmt, redet darüber und lasst eure schlechte Energie nicht an unschuldigen Menschen aus.

Denn genau das habe ich getan und bin damit im Knast gelandet.

9
Mein Traum

Im letzten Kapitel möchte ich euch erzählen, wie ich mein Leben gerne gelebt hätte, was nicht möglich war. Wohin man geboren wird, entscheidet auch, wie dein Leben verlaufen wird.

Also:
Ich träumte, dass ich ein Kriminalbeamter wäre.
Gut gebaut, wobei ich einen kleinen Bierbauch besitze, der mich eine Menge Geld gekostet hat.
Ich besitze blaue Augen und Schuhgröße 40, die sehr klein für einen Mann in meiner Größe ist, dafür sind bei mir andere Sachen größer.

Vor zwei Monaten wurde ich zum Kriminalbeamten befördert, wofür ich viel Erfahrung hatte sammeln müssen, wie zum Beispiel, wie die Menschen so ticken.

Es gibt so viele unterschiedliche Menschen, und um die zu studieren, wird man wohl ein Leben lang brauchen.

Die Verbrecher, die ich am liebsten habe, sind die, die sagen: „Ich bin nicht schuldig oder was wollen Sie von mir hören?" Ein Satz, der berühmter ist als alles, was die noch sagen werden.

So gibt es Leute, die zu viel trinken und anschließend nicht mehr wissen, was sie getan haben. Oder Frauen, die rauskriegen, dass ihre Männer fremdgegangen sind und sie in ihrem Zorn umbringen.
Männer, die so scheiße sind, dass ihre Frauen sie umbringen müssen.
Da fragt man sich wirklich, ob diese Frauen einen falschen Mann geheiratet

haben und ihr Leben damit selbst zerstört haben, wenn sie anschließend in den Knast müssen.

Nun bin ich ja ein Mann und ich denke, dass man uns Männern viel mehr die Schuld bei Verbrechen gibt als den Frauen.

Zurzeit haben wir nicht viel zu tun, was eine Seltenheit darstellt.

Mein Kollege, der mir gegenübersitzt, ist eine Nervensäge, und ich hasse es, wenn er isst. Da schaut er einen mit seinen weit geöffneten Augen und Mund an, dass man ihm am liebsten ins Gesicht schlagen möchte, daher hat er auch den Spitznamen „Stinki" bekommen.

Der Atem von ihm riecht grauenhaft, als ob man eine vier Wochen alte Leiche aus den Abfluss gezogen hätte.

Diesen Geruch bekommen wir in

unserem Beruf oft zu riechen, von altem Leder, Zigarettenrauch, kaltem Kaffee und dummen Sprüchen.

Wobei Stinki mein bester Freund ist und er für uns beide oft die besten Aufträge hereinholt.

Am besten, ich gehe jetzt auf die Toilette, um durch die Lüftung an frische Luft zu kommen.

Mein Kollege Stinki wurde inzwischen zum Chef gerufen, der will bestimmt, dass er für ihn neue Zigaretten vom Automaten nebenan holen soll, der jede Woche aufgefüllt werden muss.

Dort kann man beobachten, wie sich in der Lunge der Raucher der Krebs entwickelt.

Meinem Chef scheint das egal zu sein, denn wenn ich ihn darauf aufmerksam mache, wie gefährdet er durch sein Rauchen ist, kommt nur ein Grinsen von ihm und das heißt für mich, ich soll gehen und woanders jemanden nerven.

Auf der Toilette warte ich, bis ich Stinki ihm Flur höre, und will gerade den Wasserhahn aufdrehen, da höre ich, wie er mich ruft. Ich hoffe nicht, dass er wieder was Dummes gemacht hat. Also drehe ich den Wasserhahn wieder zu und gehe raus.

Auf dem Flur schaue ich nach rechts und da steht er, mit einem breiten Grinsen im Gesicht, das ich nur vom ihm kenne, wenn er was Neues zu essen bekommt oder es was zu tun gibt, wobei ich auf Letzteres hoffe.

Als ich bei Stinki ankomme, bemerke ich nur: „Ich hoffte, es gibt Arbeit und nicht ein Essen, was dein Grinsen anbetrifft."
„Du wirst es mir nicht glauben, aber es gibt Arbeit", meint er grinsend. „Konz, unser Chef, hat gesagt, dass man eine

tote Frau ihn einer Wohnung gefunden hat und wir sollen sofort hinfahren." Und da ich keine Lust auf so einen Fall mit einer Leiche habe, frage ich zurück: „Können das nicht andere für uns übernehmen?"

„Nein", meint Stinki, „es ist kompliziert, denn die tote Frau wohnt da nicht."

„Stinki", meine ich ärgerlich, „komm auf den Punkt." Darauf berichtet Stinki: „Es liegt noch ein totes Kind in der gleichen Wohnung, wobei beide verstümmelt wurden.

Der Gerichtsmediziner glaubt, dass es nach Folter aussehe, und wir sollten das überprüfen."

„Okay, das hört sich aufregend an. Sag mal, weißt du, ob man noch weiteres Verdächtiges am Tatort gefunden hat?"

„Bist jetzt nicht. Nur das viele Blut der Toten, haben sie berichtet."

„Okay, Stinki, hol deine Jacke, wir fahren dann mal los zum Tatort."

„Okay ich hol auch noch schnell die

Kamera", rief Stinki bereits im Laufen zurück.

„Beeil dich und nimm dir noch was zu essen mit, bevor du mich wieder vollheulst, dass du Hunger hast. Ich warte draußen vor dem Tor auf dich."

Danach ging ich raus und stellte mich neben das Tor.

Ich schaute auf den Spielplatz, der neben unserem Gebäude lag, und dachte dabei, wie das zusammenpassen soll, dass ein Kind und eine Frau verstümmelt werden. Wie krank muss das sein und warum ein Kind? Dabei haben die beiden dort nicht mal gewohnt. Komisch. Die Mafia kann es nicht sein. Das gibt es nur ihn schlechten Filmen. Rache kann es auch nicht sein, das wäre zu brutal.

Oh mein Gott. Das fing ja gut an. Wo blieb denn Stinki so lange? Wahrscheinlich war er noch immer dabei, die Kamera zu suchen, und vielleicht lag die überhaupt noch im

Wagen. Ja, wenn man vom Teufel spricht, da kam er gerade um die Ecke gerannt.

„Konz", fragte Stinki außer Atem, als er vor mir, seinem Chef, stand, „hast du die Kamera gesehen?"

„Ja, du Depp. Die liegt ihm Auto."

„Oh, stimmt ja, sorry, Konz."

„Steig jetzt ein, dass wir endlich losfahren können."

Ich nahm die Autoschlüssel aus meiner Jackentasche, setzte mich hinter das Lenkrad und schaltete den Motor an. Ein BMW x5. Mein Liebling und treues Gefährt seit 23 Jahren.

Das Tor ging auf und ich fuhr raus auf die abendliche Straße.

Heute war nicht so viel Verkehr wie sonst. Rechts lag eine Tankstelle, wo ich auf dem Schild prüfte, was das Benzin kostete. Ein Euro und zehn Cent. Das würde ein teurer Auftrag. Der Chef würde sich freuen.

Stinki war gerade dabei, an seinem

Rucksack rumzuwühlen, als mein Handy klingelte.

„Ja, Konz hier. Was gibt's, Chef?"

„Ihr wisst ja, dass die zwei Personen, die tot aufgefunden wurden, nicht da wohnen. Die Person, die da wohnt, ist vermisst gemeldet."

„Ah, okay, Chef. Da kommt ja mal bisschen mehr Licht in die Sache. Wie heißt denn die Person, die vermisst gemeldet wird?"

„Warte kurz, Konz. Ja, hier ist es. Ein Herr Poti Roh."

„Okay, hab ich mir aufgeschrieben."

„Ach so, Konz ..."

„Ja, was ist noch Chef?"

„Der ist vorbestraft."

„Wegen was, Chef?"

„Frauenhandel und mehrfache Körperverletzung. Er ist kein unbeschriebenes Blatt."

„Komisch, dass der vermisst wird, Chef."

„Wenn er der Täter überhaupt ist.

Deswegen seid ihr ja für den Fall die Besten. Okay, Konz. Ich muss auflegen. Meldet euch, wenn ihr was Neues habt."

„Ja, Chef, das werden wir. Bis später."

Ich legte auf und kaum habe ich das Handy eingesteckt, schaut mich Stinki mit seinen großen Augen an und fragt: „Was gibst Neues, Konz?"

„Ja, wie erkläre ich dir das am schnellsten. Die Person, der die Wohnung gehört, ist ein Herr Poti Roh, der vermisst gemeldet ist und bei uns bekannt ist wegen Frauenhandel sowie mehrfachen Körperverletzungen."

Stinki schaute mich komisch an und bevor er was sagen konnte, da ich beim Fahren sein Gesicht nicht sehen konnte, stellte er fest: „Komisch. Zwei Tote, dazu ein Kind, und jetzt noch und ein Vorbestrafter, dem diese Wohnung gehört und der jetzt vermisst gemeldet wurde. Komisch." Und nach einer Weile stellte er noch fest: „Konz, das

wird lustig."
Ich schaute ihn von der Seite her an und dachte mir meinen Teil. So ein Depp aber auch.

P.S.
Meinen Lebenstraum muss ich hier beenden, da ich mich auf die Freiheit vorbereiten muss.

Anmerkung von Frau Karres:

Herr Jakobi kam nach seiner Entlassung in einem Männerwohnheim unter, in dem er sich noch heute, beim Erscheinen seines Buches, befindet.

Erschienene Knastgeschichten

1. Buch
Gefühle sterben nicht
von Sakuya
Der Alkohol war der beste Freund meines Vaters und wenn er abends nach Hause kam, war ständig schlechte Stimmung und die Angst in der Familie vorprogrammiert. Es wurde laut und die Aggressivität unerträglich, was meine Mutter am meisten zu spüren bekam. Schläge und Tritte musste sie ertragen, dabei hat sie geweint und geschrien und ich, mit meinen vier Jahren, musste ständig zittern.

2. Buch
Ein roher Diamant
von Moi Boy
Irgendwann im 21. Jahrhundert gab es einen Jungen namens Canny, der sein ganzes Leben weggeworfenen hat, um

seinen Ruf bei seinen Jungs in seiner Hood nicht kaputtzumachen. Es hatte alles ganz harmlos angefangen. Canny war ein Dealer aus einem Frankfurter Randbezirk.

3. Buch
Mein Freund der Dschihadist
von Furkan Kaya

Ich erinnere mich noch ganz genau an den Tag, als alles anfing. Ich war bereits einschlägig vorbestraft, und da kam eines Tages ein junger Mann auf mich zu und begann mit mir zu sprechen. Wir rauchten eine Zigarette nach der anderen zusammen, als er plötzlich fragte: „Bist du Moslem?"
„Ja, bin ich, aber in Deutschland geboren."
Es war ein kurzes Gespräch, doch ich wusste, dass ich diesen Jungen wiedersehen würde, und habe nie damit gerechnet, was danach noch alles auf mich zukommen würde.

4. Buch
Rapper MO 65
von Winterstein

„MO", sagte die Richterin. „Sie sind in sechzehn Fällen für schuldig gesprochen worden. Das Gericht hat sich beraten, wie es jetzt mit Ihnen nun weitergehen soll."

„Okay", antwortete ich, „wie geht es nun mit mir weiter? Ich bin nun seit vier Monaten in Untersuchungshaft und ich weiß jetzt, was es heißt, eingeschlossen zu sein."

„Herr MO", antwortete die Richterin verständnisvoll. „Aber sehen wir, was der Staatsanwalt zu sagen hat."

Und dann sagte der Staatsanwalt ganz laut und deutlich: „Sie sind schuldig, Herr MO 65." Und ich antwortete ungeduldig: „Ja. Wie oft soll ich denn das noch bestätigen?" Darauf richtete der Staatsanwalt das Wort an die Richterin: „Ich bestehe darauf, dass der Angeklagte MO 65 eine Jugendhaftstrafe von drei Jahren und zwei Monaten bekommt."

Ich sah meine Mutter an, die weinte, als würde es regnen. Darauf fragte ich meinen Anwalt: „Haben die einen Lattenschuss, oder was?"

5. Buch
Ein Leben im Gefängnis
von Grönecke

Ein Kind, dem kroatischen Krieg entronnen, schlittert in der Fremde als Waisenkind durch Heime und Gefängnisse, in der Hoffnung, irgendwann die Kraft zu erlangen, sein Leben straffrei gestalten zu können.